H i b i k i Ⅱ

ひびきⅡ

齊藤大柳川柳句集

Saito Dairyu SENRYU Collection

新葉館出版

川柳句集

ひびきⅡ

目次

川柳句集　ひびき Ⅱ

2008年の章

真ん中に母さんがいて丸くなり

温暖化地球を冷やす春の雪
風向きを見ながら生きて今がある

子育ての記憶をたどり孫を抱く

引き際の花

花びらの逃げきれず棲む吹き溜まり
スタートとゴールラインに花がある
がむしゃらに生きていた頃花だった
引き際が人生の花かも知れぬ
いい顔だ　死後硬直が解けただけ
嘘つきめお花畑はありゃしない

風向きを見ながら泳ぐ鯉のぼり

気がつけば年齢だけが偉くなり

俺の臍まだ真ん中についている

川の字で寝てた子供を嫁に出し

ほっとけばいい仕事する砂時計

将来を嘱望されたまま終わり

押し退けて生きる遺伝子俺にない
喝采を浴びて音痴がとまらない
中締めに宴会マンが盛り上げる

適材適所

基本しかしない仕事が誉められる
応用の利かぬ仕事を誉めている
いい部下は気が利かないが使いよい
介護役いつも酔えない俺の役
無礼講そっと覗いた腹の底
はなむけの言葉むなしい横すべり
異動には適材適所などといい
気がつけばみんな上司になっていた

嫁に出す子より泣かせる杉の花

判を捺し斜め読みする契約書

軽率を妊婦が見せる披露宴

どうにでもとれる答えを出しておく

痒いとこ柱の傷へ持っていく

駅前をティッシュのために折り返す

にんげんに差をつけたまま日が暮れる

足跡もつかない人が反り返る

肩書きを重石にしてる名誉職

残火

折り返す残んの月に照らされて
安堵する勇者の顔は煤まみれ
火事果てて東の空は燃えはじめ
聴診器当ててる医者へ息を吐き
聴診器無言の会話する本音
人生の復路を照らす常夜灯
残り火が枯れた心に燃え移る
人生の残り火はなお衰えず
再燃の余力を持っている残火

寄贈した本をたまには借りてくる

手ぬぐいが年を隠して輪に入る

何もない腹を見せては大笑い

花よりも短く生きる朝の露

里帰りする日にあわせ糠を足す

道標

兄嫁のような手つきでお酌され
面接で話した嘘が地割れする
場所取りが新人戦となる花見
ゴマすりの位置を覚えた夏の頃
裏表チラチラ見せて舞うもみじ
班猫が都会の蝶に紛れ込む
道標自分で書いて見定める

液状の地盤

液状の地盤に立てる旗一つ
他人事のように幕引く辞任劇
防災の日に燃えつきる福田城
サイレンの音に興奮するしころ
煤まみれ一人で消したような顔
訓練は真夏の昼に星を見せ

切り返すギャグで緊張ときほぐす
出不精が歩き始める日暮れどき
夕闇は有無を言わさず飲み下し
甲羅より首の長さを競い合い
ブレーキが揺り籠になる箱の中
言い訳はしない無口にある恐怖
丸い背が語り合ってる日向ぼこ
牛の歩に一息入れる老いの坂

落日の影

夕映えに一礼をする年となり
充電の効かぬ脳味噌持つ悩み
落日を影の長さに教えられ
愛してるなんて本気でバカなこと
寡黙には只一言にある怖さ
金メダル色の夕日に小旗振る
人生は影の長さの中にある
男には沈む夕日が止められぬ
近道をして損をする一人旅
無作法にパンを与える処方箋

裸眼

片隅でいいお日様が見えるから
明日があるなんて他人は無責任
せっかくだ世の中みんな見てやろう
人生が夕日の前で仁王立ち
夕日色否応なしに闇に入る
裸眼で見る夕日の海は波静か
近道は何もないかも知れぬ旅
遠回りしてにんげんに差をつける

動物川柳・猫

あいさつもなしに横切る他所の猫

温暖化狂い咲きした猫の恋

温暖化しょっちゅう猫が恋してる

温暖化少子化はない猫の春

温暖化猫がお庭で丸くなり

膝の上猫と平和を分かち合う

泥棒のように窺う他所の猫

2009年の章

牛の歩で余生へ一歩見極める

格付けは昔のままのクラス会

振り向くな美人のままでいたいから

夕やけを背にして気付く長い影

人生の初冬に春を探してる

転んだ子ママの顔見てわっと泣き

人生にほどほどがいい雨と風

温暖化老いには働きやすい春

菜園に余生耕す土作り

上段の構えの下にいる平和

あしあとをぽっかりあける春の雪
平等に道の小石が蹴とばされ
道端の会議に入る咳払い
木漏れ日が性に合ってる蘭の花
普段着になれぬスーツが引きこもる

母の日は母のレシピの五目飯

お開きと言ってる割に腰をすえ

平成を装う顔の新年度

晩酌に目刺しと妻のある平和

老母の言

襟元を直して母は鍬を持つ

手ぬぐいに折り目をつける農の母

手ぬぐいで白髪を隠す盆踊り

黄金色見たくて母は麦を踏む

真っすぐに歩けと母の癖が出る

ミツバチが花の国にもいなくなり
良く切れる言葉についている諸刃
藪っ蚊の音に気付かぬ厚化粧

分別のルールカラスに突かれる

A型に大事にされるダンボール

蜂蜜の夫婦だんだんからし味

何事も真ん中辺で波静か

バイキング割り勘負けはない入れ歯

あの雲

あの雲に乗るとせがんだ頃がある
寝転べば浮雲に見る小天地
灰色の裏で輝く白い雲
群れでしか生きていけないいわし雲
ゆったりと空の高さを知る仰臥

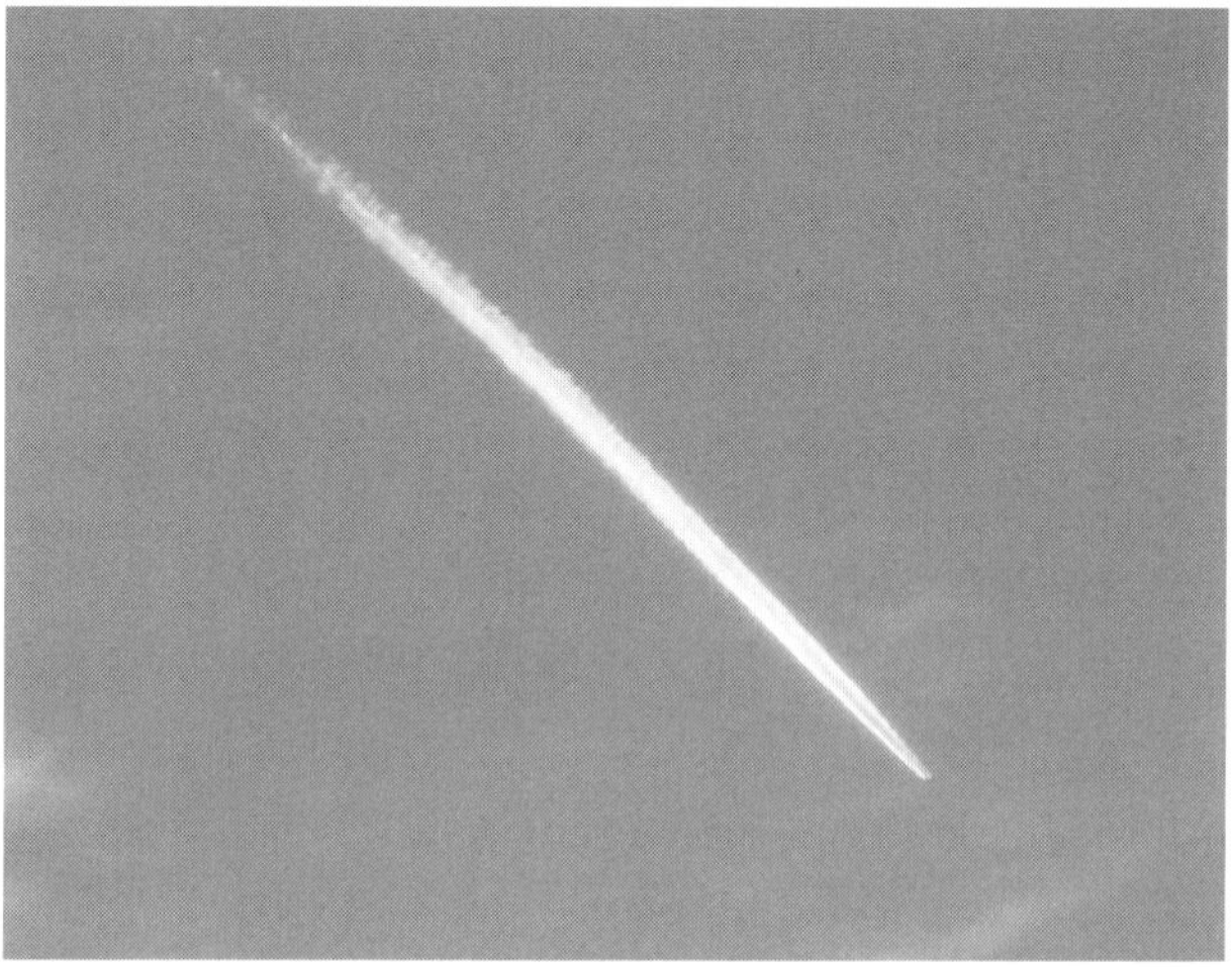

音もなく飛行機雲が伸びている

明日へ

玄関にある一輪のおもてなし
一輪を咲かして光強くなり
文字を知らぬ母の言いぐさ見にしみる
寝転べば空と大地の板ばさみ
明日がある今日も夕日に励まされ

手をつなぎ転ばぬ先の杖となる

ないはずの足音ついてくる気配

枯れた身をふいに燃やした遠花火
絶対に明日があるとは限らない
ここだけの話どんどんでかくなり
収集日分別臭い顔が出る

一日だけの共和国

新緑の深みを増せば刈り取られ
菜園に土のにおいが懐かしい
サッカーに一日だけの共和国
晩成の筈もう少し生きてみる

鶴彬生誕100年記念句会

揚げ雲雀空より薮にある自由　献句

百年を経て響きあう鶴の声　題・火花

閉じた目にねずみの跳ねる影映る　題・反発

反発を買って出るほど強くない　題・ぬくぬく

里帰りすると娘は長居する　同右

手と足を投げてやっぱりマイホーム

竹輪麩の穴の向こうで孫笑う

棲み付いた猫がしょっちゅう悪ふざけ

ゆっくりと時間をかける老いの坂

笑わない人には効かぬ鼻薬

嫁ぐ日の会話他人になっている
とりあえずノルマを果たす子が二人

漫歩する余生

似たものの火花冷えれば凝固材

漫歩する余生につける万歩計

飲み込んだ言葉が三日ほどつまり

日の暮れることを知ってる蟻の汗

課題・暮れる

一葉の街で

一葉の街は雨にも良く似合う

御仏の顔で応じるサイン帳

（『木の中のみほとけ』）

一葉にふいにあいたくなった雨

一葉に髪がそっくり母の陰

丸腰へ十七音の弾を込め

（鶴彬の句集を読んで）

サイレンの音だけ急ぐ救急車
名も皮も残してみたい虎の年
遠くから見てる火の粉は美しい
つんとした美人にもある笑い皺
寒い世に地球は何故か温かい

百句繚乱

人の手を借りずに人は老いていく

九条を道連れにして海の底

迂回路に花が咲いてるかも知れぬ

丸い背と気のあう猫が丸くなり

上げ潮に乗って民主がやってくる

川柳句集「百色」

皇居から心に届く感謝状
１００号の頃に世紀の不況風
不景気に一度納めた金を出し
演説の英語我らが総理なり
千円に出不精が買う大マスク
自衛隊ソマリア沖で投網打つ
東京の庭へ五輪旗なびかせる
オバマ家に日本のポチがキャンと鳴く
佐渡のトキ巣作りをして嫁募集
友愛の森で剛腕鳩を飼い

山陰の旅（平成21年7月8日～11日）

《出雲大社・足立美術館・姫路城・三徳山・鳥取砂丘・倉敷》

ツアー食入れ歯をはめてスタンバイ

美味しいというおかわりの欲を出し

前金の割り勘負けはないツアー

温泉に玉子と競う茹であがり

誕生日ラブレターかと勘違い

鳥取砂丘にて

砂の丘至福の汗が染み通る
金の鞍銀の鞍には老い夫婦
夫婦旅砂丘を越えて行きました
砂の坂一歩踏み出し見極める
それぞれの足跡がある砂の丘
足跡に人生を見る砂の丘
砂を噛む歩みに似てる旅である

姫路城にて

白鷺に思いをはせる夢のあと
紺青に白鷺の舞う嗚呼平和

2010年の章

正月は先ずは一献妻の酌
大トラもお猪口一杯からはじめ
寅の年まずは笑ってから一歩
めでたさに大虎となるうちの猫

昔ほどうるさくはない遠蛙
貧相が儲かる話持ってくる
平和しか知らぬ世代のボランティア
裸婦のフォト老化をちょっと遅らせる
年寄りが一番風呂のとげを取り
美人かも心の窓が澄んでいる

晩酌の猫と取りっこする目刺し

出不精を誘い出してる沈丁花

老い二人ショートで祝う誕生日

嫁ぐ日に

嫁ぐ日は一人ぼっちの客でいる
はなむけの十七音に娘は笑う
こんなことあった気がする子の新居
ファインダーでそっと見守る娘の巣立ち
太陽の正面にいて月清か
嫁ぐ朝他人になっている会話

コンビニに母のおにぎりだけがない
踏んでやる雑草がないアスファルト
空へ空へ飛行機雲は寡黙なり
虫を引く蟻に至福の汗光る
大あくびうつして次の駅降りる

肩書きのない牛の足取り
その話うかうか出来ぬ孫がいる

警官のさくら

平凡な俺にいろいろあるさくら
万感の思いはらはら花吹雪
交番の人がさくらへ手を投げる
警官のさくらが踊る手信号
満開の白に散らばる青い鳥
ろくでなしやさしく張ったクモの糸

巳年の娘虎の子を生む寅の春

虎の声出して赤子のごあいさつ

一日を百面相の孫といる

欠伸した今笑ってる孫がいる

不器用に抱いて子供が母になる

シャックリの一つに学ぶおむつ換え

戦争の話もう聴きたくはない

子供から母へ

産声の深夜メールに顔ゆるむ

不器用に命丸ごと抱いて母

美人だな寡黙な爺の声弾む

新生児室でも孫はすぐ判り

ない筈のおつりをもらう呱々の声

遠ざかる人振り返りまた会釈
老木の重い言の葉胸に降り
無知という度胸で渡る人の橋
コウモリになりたい時がたまにある

指切りの痛みを包む真綿雲
いくらでもスイカを食べる無人駅
おちょぼ口スイカの種を乱射する
饒舌に人の重さが量れない
ヘリからも先の見えない拉致情話

人生を騙し続けた万華鏡
お色気が無効になったクラス会
技ありも有効もなく黄昏れる

泣き声に見つけた母の一里塚

遠くだけ見ていた俺の昭和伝

潮満ちる深夜にやっと呱々の声

虚の平和

つまらないジョークで消した導火線
太陽を闇に浸して洗う月
善人がふと悪さする虚の平和
寝転べば背中を押している大地
虫を引く蟻に男の影をやる
ジーンズに五常のひだがない気楽
減速も加速も危険暮れの坂

太陽に頼るしかない月明かり
真っ白な心一つで生きている
変身の術で時には丸くなり

目黒から秋を見つける焼きサンマ
天日でもサンマが焼けるような秋
地団駄を踏んで筋肉痛になる
適量を越えてその気にさせる蝶
おやすみとしきりに歌うもがり笛
肺の中朝の散歩で入れ替える
再生の相撲気合いで客を呼び

地団駄を踏む八月の十五日
踏んでやる力加減が難しい
足の裏働く人の匂いする
後ろにも進む時計を持っている
一輪に心が見えるおもてなし

ケータイの妻は乙女の声になり

バスガイド声で観光地を巡り

カーナビに道を教える近回り

俺と猫最後の目刺し狙ってる

良く笑うセールスマンの見えぬ腹

ミイラ作った夏

救急車サイレンほどは進まない
飽食に満たされぬまま朝がくる
半分を水の中から見る蛙
背を向けて歩けば過去が温かい
人生の時には無駄のある平和
ほっとけばミイラ作った夏終る
落盤に光明を見る針の穴
落盤へ釈迦もアラーもキリストも
一条の光射し込む神無月

気に入らぬ奴へ上手な嘘をつき
彼岸までの暑さ寒さが狂いだし
大声でつぶやくことがたまにある

寝転べば宇宙の果てにいる孤独
老いてなお心の基地は母にある
沖縄に末広がりの滑走路
俺の道通せんぼする奴がいる
逆向きに歩くと母の影に合う
あせること何もない箬夕日色
イライラをさせた娘に子が二人
気がつけば子供がこども抱いていている
夕やけの豆腐ラッパで子は家路
生きること蟻に学んだ夏の午後

2011年の章

正月の硯の海は波静か

答えのない方程式

あんぱんにふんわり包む正義漢
人間に生まれただけでよしとする
ニンゲンをみんな知ってる笑い皺
おしゃべりの鍋が卵に閉じられる
よく笑う人に思わず後退り
ポケットの握り拳が出てこない

輪の中に爺様がいる雛祭り

買い物の妻は他人の顔になり

飲み込んだ反対論が尻につき

逆向きに行きたいときがたまにある

被災地に届け一句の応援歌
五七五で支援するしかない無力
始まりと終りが交差するさくら
三陸のナマズに喝を入れてやり
丸呑みの津波に神を叱りつけ

レントゲン世代を笑うシーベルト

お茶の水博士がいない発電所

東北へ十七音の鐘を打ち

母星の基地

始まりはいつもさくらに背を押され
逆向きに行くともう一人の自分
屋根までは膨らんでいたシャボン玉
少しだけ母に介護というおつり
深夜便聞き明かしつつ老い孤独
母星に心の基地を持っている
できるならまたニンゲンに生まれたい

津波

千年を丸呑みにする大津波
頑張れの他の言葉が見つからぬ
引き潮がさらった桜貝の陰
美しいはずだ日本の海と山
廃絶と叫んで核という平和
憂国の水鉄砲は爆心地
ヒロシマを覆い隠した平和論
無力ではない五七五の応援歌
一章の向こうに見えてくる勇気

厄介なことに神事という相撲
肩の荷を降ろさないから嫌われる
鯉のぼり風評被害の風を呑み
かくれんぼ緋鯉の腹をちょいと借り

近頃は猫より好きになるいわし
利根川に遡上しているいわし雲
人生が見え隠れする交差点
買い物に線量計を持参する

もう一人の自分

夕やけが沈まぬうちに冬支度
日溜りが欲しい初冬の昼下がり
ちっぽけで掛け替えのない花が咲き
無気力という糸を張る虚の平和
人生の岐路にはいつも青信号
買ってでもしたい苦労はいつも只

生きるには無気力もある長い旅
雲となら話ができるかも知れぬ
寝転べば同じ目線になった雲
幸せに裏打ちがあるあの昭和
張った気を少し弛めてゆく余生

江戸川の五月田んぼ一杯水をやり
田んぼでは蛙が溺れそうな水
雄弁に語る背中を持っている
訓練に失敗はない初期消火
婿さんもある二番目の選択肢

紫陽花にお辞儀をさせる雨蛙

ベテランが語り部となる縄のれん

晩酌に男料理の冷奴

長生きへノルマを課した早歩き

旺盛な意欲に先のない不満
ついている場所に不満はない目鼻
背が低いだけが不満の良い男
節電や蛙飛び込む水の音
ゆったりと蛙が泳ぐ夏の午後

不意に立つ優先席が温かい
不意の客に鼓打たせるおもてなし
極上の足だまだまだトイレに行ける
懸命に蜘蛛が絡める明日の糧

復興へあげる墨田の大花火
鎮魂の祭り太鼓を乱れうち
吉宗に習う復活の花火
原子の火消えて復活する灯り

猛暑日に嬉しくもないゲリラ雨

文明が星屑を掃く夜の闇

仲良しを手土産にする里帰り

星祭り

建屋から滾々と湧くたまり水
説明の言葉尻から出る不安
きのこ雲はないのに下りてくる不安
延命の措置に地球の皮を剥ぐ
平和には使いこなせぬ優れもの
優れもの的を外して打つ手なし
生きていることを託した星祭り

笹の葉に4ヵ月後に書く願い

津波の子に母の思い出だけ帰し

節電の夏を遠目で見る蛙

アナログへさよならと言う夏の午後

なでしこに驚かされる熱帯夜

節電の夏のゴーヤに飽きがくる

ら抜きでも歯のない爺は言ってのけ

手がきれい箱入り娘かも知れぬ

一人しかいない正義の鼻っぱし

老練の庭師が見せる後始末

病院も様の時代になりにけり

洋食屋箸の文化を添えてだし

原爆も原発もある十五日

平和賞アラブの春の風に乗り

つまらないものでもうまい舌鼓
なでしこが園遊会で七変化
美しいとんぼ返りをチョイひねり
核よりも怖い地球の人の群れ

閉店の間際を狙う夕支度
折鶴の羽音に揺れる夏の午後
百歳に背中を押され上る坂
肩の荷を下ろせば楽な老いの坂
二番目を丸出しにした顔がある

甘党が辛口を言う縄のれん
割り勘に食い意地を張る貧乏性
ホームには行かないという老いの意地
にんげんがまばらになってゆく都会

ブータンに行ってみたいな龍の年

畦道が都会の顔で出迎える

何もない肩で風切る定年後

2012年の章

世襲する北の顔にもある涙
新駅に乗り継ぐ恋の山手線
我が家でも女性系図に悩まされ

我が家ではパパを大事にする女系
百歳にくじけないでと励まされ
舌鼓年始回りで打ちまくり
福だけは内と欲張る豆をまき
鬼なんかいない日本で豆をまく
三陸のナマズへ豆をまいてやる

団子鼻確かに俺の孫である
笛吹けど踊らぬ復興の祭り
泣くたびに大人になった甲子園

風鈴の音に地震の後遺症
挨拶に鈴を鳴らして通る猫
合掌の旅淡路から東北路
セシウムの高い数値にならされる
指切りをしてから妻と長い旅

足跡を黒く融かした春の雪
破れない程度に包む妻の愛
東大に春一番が遠慮する

核抜きじゃ生きていけない被爆国

千年は忘れることもない津波

セシウムを濾過する鯉の大欠伸

人混みを転がりぬけて丸くなり

原発に任せっきりの星明り

肘鉄砲心の内を打ち損ね

一本の電話で騙す子の話芸

ピカドンになり損なった発電所

喝采にやおら登場する音痴

吉相の皺にもできる陰日向

文明と贅

平和的核の利用にある不安
その昔正義のためのきのこ雲
被爆国平和の核に脅えてる
直ちにの重石に乗せる１００年後
文明の贅を尽くした原子力
電気より星の明かりが心地よい
その土壌使用期限のない悩み
復興に団塊の世代がいない

ときめいて

砂丘にも風紋のある夫婦旅
肩の荷がないから風を切る余生
ブータンになれぬ日本の見栄っ張り
ポケットにしまう拳に滲む汗
吉相に覆い被さる老いの皺
ときめいて生きていけると言ったはず
幸福の方程式が解けぬまま
人間の顔で演じた猿芝居

お笑いのネタにはなった猫騒ぎ

国籍に未練を残すこととなり

髭面に見かけ倒しの柔道家

良い耳と言われいつしか地獄耳

政治家に貧乏人のない不思議

カーナビも途中で嘘をつく時世
夕焼けが生きた昨日を映し出し
明日より昨日を思う年となり
止められぬ老いの早さに腹が立ち

廃絶と叫んだ頃の力瘤

四季鳴きの蝉が住み着く耳の奥

盛り付けに男料理の味を出し

節電の夏は煙で蚊をいじめ

梅雨明けて球児の顔に雨が降る

節電の夏は財布で涼をとり

まああの人生だった妻といる

天空の高さを計る井の蛙

バラバラにすると目鼻がチャーミング
泣き顔は愛ちゃんのまま銀メダル
鳥島で学習をするアホウドリ
アホなどともう言わせないアホウドリ

子の頃に抱かれたように孫を抱き
戦争に大義名分などはない
海よ山よお前が悪い訳じゃない
日本にもあった気がする幸福度

雑念も雑草も取る土いじり
天才と言われた頃が懐かしい
薄味に盛られた愛の濃さを知る
良く笑う人が見せてる腹の底

脳トレに十七音の指を折る

悪いことなんか出来ない人である

潔白の裏で黒子の糸を引き

衛星で北の衛星見てしまい

トンネルに想定外の屋根がある
ハモニカを吹けば昭和とそのこころ

2013年の章

訳もなく泣いてレモンの味を知り

温暖の地肌に乗らぬ雪化粧

愛の鞭力加減が分からない

家にいる鬼は豆より落花生

大豆では外には出ないグルメ鬼

老人の憎まれ口にある孤独

貧乏に一杯暇がある時世

それぞれの春

庭の木にお辞儀をさせる春の雪
雲行きを見ながら生きる平和論
くださいな一オクターブほどの愛

縄のれん手前味噌にも飽きが来る
真ん中に座る団子がちょうどいい
予報士のしなやかな手が春を呼び
帰る日がいつであろうと海が好き

一輪の便りが届く彼岸入り
三猿になれず拳も上げられず
歯がきれい心もきれいかも知れぬ
幸せの歴史を刻む笑い皺

団子より桜の下の花が良い

花冷えが小用ばかり言いつける

絶対に浮気はしない　妻がいる

ピーポーの音

ピーポーの音に振り向く遠い道
花の下出船入り船吹き溜まり
好きな句を寿陵に入れて旅支度
予報士と気取る明日の朧月
受け身するたびに埃の出る畳

自己流のギターも一人なら酔える
野田っ子に名前をもらうコウノトリ
連休は独りぼっちの客でいる
出不精を五月の風が誘い出し
異文化に夢と希望が爆破され
ジャリジャリと玉砂利の音群れている
地平線沈む夕日の潔さ

農の手で母が差し出す煮転がし
一日を生きて夕日は潔し
膝の奴小僧のままで年をとり
雨の日の仕事をもらう照る坊主
手を引けば恥じらう妻の笑い皺
胸の内言えないままの意気地なし
空振りの梅雨に坊主が解雇され

つまずいた石

釣りバカに思いを馳せる天の川
車歩道の段差に老いを気付かれる
つまずいた石にも老いは腹を立て
人生のほころびを編む赤い糸
一輪の便りが急かす旅支度

ナベサダの人生に酔い音に酔い
空梅雨の蛙が遊ぶ水たまり
童謡が歌いたくなる梅雨晴れ間
うつむいて幸せと言う笑い皺
不器用に生きて自分を誉める癖
吹きかけて母がつつんでくれた息
揚げ雲雀地上に下りてから無口

気がつけば老いた二人のマイホーム
似たような妻と一緒で今がある
夕暮れになって見つけた自分色
人生に方程式のない悩み
手拭いが和風の顔を引き立たせ
文明が消してしまった星明り
生き下手に笛の名手がそっぽ向き
この人と生きると決めて共白髪
この指に止まったままでいる気楽
脇道があるとも知らず走りぬけ

夕やけの鬼

まん丸い月を肴に飲む孤独
初物は母のレシピの煮転がし
見ぬふりの優しい妻が刺す視線
夕やけの鬼が見つけたかくれんぼ

生きたい

幸せにすると確かに言ったはず
溜まってた涙を管でどっとだし　　腹水を抜く妻をみて
もう少し生きたいという無理なこと
寝ころぶと瞼のダムが堰を切る
頬はコケ腹はだんだん太りだし　　腹水はたまるばかり
見舞い客震災標語もってくる
一片の魚にもらう命綱　　小さな焼き魚がおいしかったという

さよならのあとで

病んだ身にとどめを刺していう告知
告知して雲隠れする神ばかり
孫だけにピースサインをして見せる
病んでなお妻の視線が優しすぎ
神様を信じた俺が馬鹿だった
妻が問う水で治るのこの病気
水だけで頑張れという他人様
頑張れぬ妻に標語の頑張ろう

後のこと案じた妻が語気荒げ
思い出を辿れば妻は生きている
亡き妻がライバルだったかもしれぬ
アルバムを開けば逢える古い恋
一歩前照らした妻の常夜灯
無差別に話しかけたくなる孤独
出不精がせっせと妻の墓参り

悲しみの底に届かぬ蜘蛛の糸

亡き妻へリピートをする長話

額縁が丸い掃除に笑ってる

亡き妻の背で娘は夕支度

慕情

さよならをしたのに妻はいつもいる
隅っこの埃に妻の影がある
うつの朝灯す光に妻の影
一人旅へ妻が灯した道標
思慕の情厨子の灯りの朧月
アルバムを剥がした後の思慕の念
膨らんだ梅に無情という命

今日もまた妻へ無口が独り言

引きこもることを忘れている墓参

無口にもひとりぼっちという孤独

追憶

陳列の奥の鮮度を探りあて
一品は妻のレシピの一人酒
妻逝って巡る季節にある無情
初彼岸母さんのそばみな丸い
幸せのしっぺ返しをする告知
目を閉じて厨子の灯りに妻をみる
亡き妻の墓参でできた顔なじみ

無いはずの杖の未練が断ち切れぬ
泣き虫が想い出連れてくる深夜
泣き虫が夜の静寂に忍び寄る
花の名を告げずに逝って泣かす春
母さんの新盆だから丸くなる

順番を競った妻に勝ち名乗り
泣き虫を今日も届ける深夜便

百合の花咲いて潮騒が聞こえる

2014年の章

夕やけの色になりたいだけである

正直に犬が吠えてる不意の客

生きていることの証にある味覚

生かされて酸いも甘いも食べる義歯

松を描き庭師の指に光る春

老人が花と会話をする日向

つまずいた小石に老いを笑われる

山門の目力とするにらめっこ

相槌を入れて無口の聞き上手

余所の猫なぜか額の庭が好き
水たまり滴一つが雲を消し
夕焼けと同じ色で生きている
老人は道の段差が気に入らぬ

また一人欠伸を置いて次の駅

地球儀の中で生きたいだけである

彼岸まで待てない猫が膝に乗り

日溜りというお日様のおもてなし
春めいてマスク美人がやたら増え
息継ぎの合間を惜しむ話し好き

喋らない人が知性を醸し出し
花冷えに猫と日向で丸くなり
抜けた歯に老いの淋しさ噛みしめる

今日だけは騙されてやる心地よさ

嘘つきがそれは嘘かという真顔

石ころを蹴れば痛みを返される

言い訳は要らない丸い石である

脇役も主役もこなす男松

一葉を残し庭師は松を描く

生き下手が縦笛だけを吹いている

思い出連れて

風吹いて梅が起きだす春の音
亡き妻の生まれ変わりか梅の花
揚げ雲雀急降下には口を閉じ
無口にも話せば滑ることがある
この指に止まってくれてありがとう
庭の花思い出連れて春が来る

驚いてにわか手品師思いやる

花の下うっとりさせる花もある

老人の淋しさ誰も気づかない

マイトガイ今では老いの山手線

糠床に妻の匂いが置いてある

せっかくだラタタラタタと生きてやる

姫様を大社にくくる赤い糸

無駄口の撤去で見えてくる知性

お互いに驚いて〇手品ショー

木漏れ日となぜか気の合うユキノシタ

言の葉のトゲの痛みの刺し加減
花の名が知りたくなって墓参り
命日は孫の笑顔を連れて行く
携帯が鳴っているから孫がくる

欲張った訳ではないが生きている
この百合が咲くと聞こえる佐渡おけさ
ハークションの警報を出す花の粉
アジサイとしっぽり濡れて長話
馬鹿の背に正直だけは積んである

長生きの罪

木漏れ日の中で咲いてる花もある
花の名は知らないままに風の盆
膨らんだ蕾が妻と入れ替わる
水たまりついて消した白い雲
百合の花佐渡へ佐渡へと波枕

手のひらの正直だけがこぼれ落ち
あったかい　ただ頷いただけなのに
妻よりも余白を広く取った罪

思慕の念目を閉じてまで見せる影

蜘蛛の糸届け失意の底にいる

山門の目力に問う交差点

ハモニカと夕焼け空がコラボする
メダカ居る瓶の中にも夏来たる

浮き草の下で浮世をみるメダカ

野の花を一輪挿しにする悪意

真面目しかない生き下手にある取り柄

完治した同じ病に腹が立ち

恋をする猫が煩い熱帯夜

愛なんて手のひらに乗るだけでいい

大丈夫確か地球は丸いはず

野の花を土に還った人にやる

浮き草が七福神の名を語り

好きだった花だけを買う彼岸入り

ほっとけばどんどん増える庭の銭

生き下手に真面目さという武器がある

授かった寿命にもある不公平

さよならはしたけどいつもそばにいる

早いとこあの世の花が見たくなり

メダカにもぬるま湯を足し冬支度

ヒヨドリが柿が甘いとやかましい
大切な花とも知らず草むしり

つぎはぎのジーンズを着ておしゃれする
小心の男悪さもできぬまま
あの月に兎がいると信じてる
あの世への片道切符持っている
花畑見たいがこの世にも未練

子のいない独身カラスなぜ鳴くの
青空のカラスの黒も日暮れまで

嫉妬心

好きだった花の名前を風に問う
喪中につき世間話は遠慮する
無口にもたまに聞きたい人の声
悲しみが癒えて寂しさ大津波
寄り添ってほしいものよと浪花節
冗談を笑ってくれる人もない
美しく老いる銀杏に嫉妬心

1回忌孤独の夜の遠花火

身は枯れる涙は涸れぬ1回忌

雑草の花に除草の手を休め

誠実の武器を担いで進む坂

ゆったりとヒラメを見てる鰯雲

思い出が零れ種から顔を出し

わが家では栄える兆しある女系

人間を辞めたい時がたまにある

コンビニの一品盛りでやる手酌

晩酌に捕っておきたい月が出る

犬嫌いうちの犬だけ可愛がり

清かなる月を浮かせる白い雲

冬鳥へ金柑の一つを残す

ゆず風呂の長寿の欲の眩暈症

アスファルトジャングルに雑草がない

2015年の章

二巡目の船出に羅針盤がない
百薬をほんの少しと処方され
諷刺画に川柳はないかもしれぬ
息継ぎはまだかまだかと歌始め
歌始め長～い息で引きつける

夕やみのせまる川面に陽が燃える
襟足に不意に浮かんだ遠花火

空の凧糸の長さにある自由
飼い猫が大あくびして見せる牙
ゴミ拾う人も今ではゴミになり
老い眼鏡かけてやりたい朧月
仏前に幸せだったかいと問う

北風に氷で蓋をするメダカ
鼻くそを丸める日溜りの孤独
春の音寒い心をノックする
ひな祭り暗い世相に春を呼ぶ
3月が球春だけを連れてくる

老い眼鏡磨いて覗く腹の中

日溜りで大欠伸する老い孤独

春の香に誘われ老いが蝶になる

歯と痛みとれて爺さんえびす顔

まずは水ご無沙汰詫びる彼岸入り

香水をまき散らしてる春の花
可愛がる蘭にあかんべされちまい
芋の葉を雨傘にした頃がある
鉛筆を削る自慢をする孤独
芯だけの鉛筆なんて味がない
嘘つきが四月一日だけ真顔

朧ならいっそ闇夜の月がいい
振り袖のせいで長居をする花見
ニンゲンを秤にかける時がある
不完全だからニンゲン面白い

生き下手に人の道幅だけはある

新記録最年長の但し書き

握手すりゃキューバしのぎじゃない平和

閉じた目に潮騒の音佐渡おけさ

出る月をぼんやり見せる春の宵

新芽から白い花だけ見えてくる

花粉入り雨がメガネを磨かせる

山吹の一輪で旅人となる

春雨を呑んで若葉を出す古木
見下ろせば今が盛りと芝桜
春の水飲んで老木若返る
太陽があれば日陰の花も咲き
揚げ雲雀もうだんまりの急降下

恐いのは陰で糸引く力こぶ

水玉を花に残して雨あがる

腰振れば安美はたまらず寝る土俵

天国に幸せがあるかもしれぬ

野の花は野に咲けばこそ野に似合い

さりげなく大輪のそばカスミ草

出た月が傘をさしてる明日のうつ

爪弾けば猫も逃げ出すギターソロ

普段着でおしゃれ楽しむ年となり

子を見ればテロも戦もない平和

生き下手はウマシカだけを友として
梅雨入りが出たがる老いを閉じ込める
老人の心を塞ぐ梅雨の入り
サボテンは一輪だけのサボタージュ
ハンマーは丸投げしない鉄の人
ポンコツに頼るしかない老いの足

アイドルになったゴリラが妬ましい
似た顔でどうしてゴリラだけもてる

道標が消えてしまった老いの坂
花咲いた辺りどこかに亡妻がいる
白い雲追いかけ好きと言った夏

誰だって言いたいことはたんとある
演歌でも歌おうなでしこの勝利
猫族も駅と野良とにある格差

今日もまた濡れた枕を抱いて寝る
今日もまた生きるしかない飯を食う
草むしる手元ゆらゆら老いた蝶
陽が昇る恐いものなど知らぬげに
マイホームいま老人の独居房
もう少しもう少しだけ生きてやる
真面目さのロープ一つで綱渡り

老人の汗がブレンドする加齢
人生の仕舞い支度はできている
欠伸した猫に野生の牙を見る
入道が出てきて梅雨を取っ払い
今日もまた一人前の米をとぐ

土用の日せめてウナギを供養する
生き下手で悪いか月に問うてみる
水臭さ取れて屁もする仲となり
ジンとくる言葉が出ない電子辞書
正直へバカの付くほど生きている

平均へ届かぬ人もある寿命

長生きはしたくもないが生きている

目と口が団子をつぶす花粉症

野球熱下がらぬままに一世紀

魔物いてコールドのない甲子園

デザートに薬がついて長寿国
ニッポンに三猿という平和論
人生をそっと隠した笑い皺
彼岸までじっと我慢をする猛暑
母さんが真ん中にいる盂蘭盆会

辛いことばかりが続く八の月

送る火の静かに揺れて惜しむ夏

ドラマなら夏限定の甲子園

涼しさにちょっと寂しくなる晩夏

残暑にも空には白い飛行雲

一輪を部屋に置きたくなる初秋
お日様が覗いていった四畳半
歩こうとすれば涙が通せんぼ
遠ざかる夏へネズミの遠花火
少子化に首を傾げる子沢山

生き下手でその生き方を月に問う

夏空に秋の気配の飛行雲

正直のカードしかない持ち合わせ

紙切れも命をつなぐ処方せん

雨やんで恋の季節の秋の虫

ちらほらと虫鳴き始め雨あがる

木犀が遠い昔へ誘い出し

目明しの感が黄色を黒にする

持ち味を引き出す一振りの胡椒

助っ人を信じて歩くぬかる道

妻に似た雲を探して暮れる秋

迷ったら美人の方に道を問い

病院で馴染みの顔を探す癖

咲く花に時計の針が戻される

逆転の上司へ注ぐ縄のれん

前向けば後ろ髪引く秋の花

この道にふる里がある草紅葉

過ぎし日に思いを馳せる老い孤独

秋の花忘れたいのに咲いてくる
とびきりの月を追いかけ夜もすがら
糠床を男やもめがつなぐ味
雨降れば人恋しくもなる夜長
病院にやたら元気な顔がある
通院日馴染みの顔が見当たらぬ
ぽっくりへお百度を踏む貪欲さ

人肌に心が迷う生き仏
よく聞けば大樹の陰の平和論
サッカーの元祖は蹴鞠かもしれぬ
人恋し男やもめに夜がくる
人恋し枯れてはいるが男なり

鼻薬

宴会でやっと飲ました鼻薬
じんわりと効いてくるかも鼻薬
鼻薬そっと飲ました縄のれん
できる部下できぬ上司へ鼻薬
切れ者の部下のお陰と鼻薬

自分だけ仏になっている浮世

清かなる月の心で月に酔い

三度目は正直者に馬鹿が付き

生きるしかないニンゲンの選択肢

方言のバイリンガルで得意顔

流されて飛行機雲の成れの果て

ゆったりと仕事をしてる飛行船

予約すりゃ美人ナースに大当たり

立ち位置に差がある木々の冬支度

良寛のように生きたい年の暮れ

舞う枯れ葉肩に触れるも多少の縁

鳥の奴甘い方からつつきだし

寂しさを冬の日差しのせいにする

癌の奴俺の幸せ奪い取り

冬に咲く水仙というへそ曲がり

あとがき

先の句集「ひびき」から一〇年が経過していた。人生の下り坂は山の端に沈む太陽のように転がり落ちて、体力も記憶力も劣化の一途をたどるばかり。この辺で区切りの句集をと思ったのだが、思うようにまとまらないまま時間ばかりが過ぎた。妻に先立たれたこともあって一時は川柳から離れたこともある。だがやもめ暮らしの空虚さから少しずつ川柳に向かうようになって、ふと尾藤三柳氏の「一日に一句を思う竹の伸び」という一句が頭をよぎる。いつしか一日に一句を思うようになって、そんな余生の中で吐き出した句は駄句ばかりが山となった。それでも自分の句は可愛いものだ。一人でも多くの人の目に触れて欲しいという気持ちが強くなった。今までの句をまとめただけの句集だが、少しでもひびきあえるものがあれば幸甚です。妻の旅立ちで二人の人生は幕となった。だが一人となった残された人生を川柳を友として共に歩いて行きたいものである。

駄句の山を出版へとその気にさせてくれた新葉館出版・竹田麻衣子さんに感謝を申し上げます。前回のご縁で今回もお世話になりました。

二〇一八年七月吉日

しょう油の香り漂う野田の街にて

齊藤　大柳

【著者略歴】

柳号・齊藤大柳

本名・齊藤冨士男

昭和19年茨城県生　千葉県在住

平成15年退職。川柳を始める

平成25年妻病没

著書に「ひびき」(柳号:斉藤ふじお)

ひびき II

○

平成30年11月21日　初版発行

著　者

齊　藤　大　柳

発行人

松　岡　恭　子

発行所

新　葉　館　出　版

大阪市東成区玉津1丁目9-16 4F　〒537-0023

TEL06-4259-3777　FAX06-4259-3888

http://shinyokan.jp/

印刷所

明誠企画株式会社

○

定価はカバーに表示してあります。

ISBN978-4-86044-519-5